DISCOURS

SUR

DIEU.

DISCOURS

SUR

DIEU,

Contre les Incrédules & les Matérialistes.

Le prix est de douze sols.

M. DCC. LX.

A
PHILALETHE.

JE vous offre mon ouvrage, PHILALE-
THE, comme un tribut que je dois à votre
faine Philofophie : je le foumets à votre
jufte difcernement ; fi vous l'approuvez,
il diffipera le préjugé conçu contre une
mince brochure ; il fixera l'attention des
défenfeurs zélés de la Divinité. Les Philo-
fophes téméraires & infenfés que je com-
bas dans mes Vers appercevront leur erreur ; ils reconnoîtront la vérité, à l'éclat
de la lumière que vos regards auront ré-
fléchie fur l'ouvrage. Mais, PHILALÈTHE,
les faux-fages en vous feul redoutant le
Lycée françois, acquiefceront plutôt à
vos démonftrations qu'à mes preuves :
votre efprit détruit le matérialifme, & les
atômes d'Epicure n'auroient jamais formé
une ame comme la vôtre. Ce n'eft point
le hazard qui vous a fait reconnoître la

A 3

vérité

vérité, & lui rendre votre hommage : vous l'aimez, vous la cherchiez, PHI-LALETHE ; elle s'est présentée à vous pour faire votre bonheur. Mais, comme elle n'a point de corps pour se montrer à vos sens, son évidence la manifeste à votre esprit ; & lorsque vous vous élevez avec elle contre l'erreur, vous éclairez ma raison, vous dessillez mes yeux, je l'apper-çois d'abord, & je vois son ami. Je ne pouvois donc mieux commencer ni finir mon ouvrage qu'en vous le présentant, pour offrir à la vérité ce titre authentique de mon dévouement, avec lequel je suis,

PHILALETHE,

A Paris, le 28 Juin 1760.

Votre très-humble & très-obéissant serviteur,

PHILOTHE'E.

DIS-

DISCOURS

SUR

DIEU,

Contre les Incrédules & les Matérialistes.

Spiritus intùs alit, totamque, infusa per artus
Mens agitat molem, & magno se corpore miscet.

ÆNEID. Lib. 6.

POURROIS-TU méconnoître, ingrat, ton bienfaiteur!
Tu lui refuserois l'hommage de ton cœur!
La voix de ta raison contre toi révoltée,
Tout te parle d'un Dieu, licencieux athée.
Pur esprit il t'inspire, inaccessible aux sens,
Et principal moteur il te meut au dedans.
Tu ne peux sans remords nier son existence,
Impie, en déclamant contre sa providence.

Tous

Tous les jours font marqués par fes nouveaux bien-
            faits ;
Voudrois-tu les compter par de nouveaux forfaits ?
Qui prévient tes befoins ? Un Dieu, le meilleur Père.
Dévoilons de Cérès le fabuleux myftère :
Du champêtre inftrument les coups réitérés,
Sans lui ne couvrent point l'aire de grains dorés.
D'où vient le premier grain que rend avec ufure
Aux foins du laboureur la féconde nature ?
Principe de la vie un Dieu dût le créer :
Dieu, fource de tout bien , dût le multiplier.
Seul fans commencement , feul il fe détermine ;
Sans lui tout l'univers tomberoit en ruine.
Il ne nous forma pas pour nous mieux avilir ;
Il veut nous rendre heureux & tarde à nous punir.
Niant ce Dieu vengeur prétendrois-tu , coupable,
Au tribunal divin n'être plus redevable ?
Le Pafteur t'appelloit , fon courroux te pourfuit ;
La mefure comblée , il n'eft aucun réduit,
Qui pourroit un inftant te fervir de refuge :
La foudre fuit l'éclair , te frappe , & Dieu te Juge.
Ou rien n'eft évident , que ne l'affirmes-tu ?
Ou quelque chofe l'eft , te voilà combattu :
Ridicule Pyrrhon , par ton indifférence,
Ton doute eft l'argument de ta propre exiftence :
Si tu n'exiftois pas , tu ne pourrois douter ;
Tu penfes en doutant , n'eft-ce pas exifter ?

Près

Préside ce fameux temple en proie à l'incendie,
Tu douterois encore au péril de ta vie ?
Tu craindrois les brasiers ; ce spectacle d'horreur,
Bientôt te feroit fuir, te prouvant ton erreur.
De vivre ou de mourir niant la différence,
Pourquoi donc à la mort préférer l'existence ?
Tu voudrois que Titan rallumant son flambeau,
Ne l'éteignit jamais dans la nuit du tombeau.
Peux-tu toujours douter ? quand tu chéris la vie,
Quand l'horreur de la mort te prouve ta folie,
Et tes sensations des êtres hors de toi,
Auxquels le pur néant ne peut donner la loi,
Qu'il ne pouvoit créer, distinguer par la forme :
De leur commencement si leur fin nous informe,
Celui qui les fit naître est donc plus puissant qu'eux,
Immuable & le seul qui peut nous rendre heureux.
Epicure, dis-moi comment peut dans le vuide
Voltiger un atôme & sans route, & sans guide ?
Prouve dans le néant ce que peut le hazard ;
Définis ce destin, parois ici sans fard :
Te sens-tu convaincu, libre de rêverie,
Qu'il pouvoit présider dans une imprimerie,
Les lettres rassemblant, qu'il pouvoit composer
L'Iliade d'Homère, & l'immortaliser ?
Oserois-tu nier qu'à de si beaux ouvrages
Par la Grèce produits, vivans pour tous les âges,
Un Sophocle, un Homère, un Platon présidoit,

Qu'en

Qu'en leurs divins écrits leur esprit les guidoit ?
Leves les yeux au ciel , il te force de croire
Qu'il est du Tout-Puissant & le thrône & la gloire
De ces globes roulans qu'un aveugle destin
Ne peut pas diriger le mouvement certain.
L'astre majestueux qui dans son apogée
Paroît aussi constant que dans son périgée ;
D'un Etre souverain manifestant la loi ,
Le soleil du hazard tiendroit-il son emploi ?
Mais ce globe de feu mobile sur son axe ,
Dont le centre des cieux fixe la parallaxe ,
Peut-il également diviser les saisons ,
Dans leur zône échauffer les obliques maisons ;
S'arrêter, retourner, revenir aux solstices ,
Et dans ce cours réglé dépendre des caprices
D'un destin impuissant qu'on ne peut définir ;
Mais qui laisse entrevoir un Dieu qu'on doit bénir
Tout se meut, vit par lui , tout est sa créature ;
Lui seul premier principe anime la nature :
Cette mère commune en sa fécondité
Reçut donc de lui seul son pouvoir limité :
Incapable d'agir par son impéritie ,
Elle n'a pu sans lui vaincre son inertie :
Du cercle & des rayons c'est le point du milieu ;
Ame de la nature il en est le seul Dieu.
Tel un frêle vaisseau (quand le tonnerre gronde)
Qui devient le jouet & des vents & de l'onde,

Que

Que la mer en courroux rejette hors de son lit,
Qu'élève jusqu'aux cieux un mont d'eau qui blanchit,
Que plonge dans l'abîme une chute subite,
Par un flot relevé, qu'un autre précipite :
Les pâles matelots voyant par tout la mort,
Désespéroient déja de retourner au port ;
Le pilote intrépide, aidé de la boussole,
Sçait guider le navire, arrive, & brave Eole.
D'un déluge nouveau tu sembles menacer,
Mais, dans ton vaste lit te sentant repousser,
O redourable mer ! tu crains même en ta rage,
La main de l'Eternel qui t'arrête au rivage.
Sans le premier moteur si le régne animal
Peut se perpétuer, l'homme est donc son égal
L'homme le plus injuste, & la brute & l'insecte,
La majesté d'un Dieu devient alors abjecte.
Seroient-ils dieux ensemble, ou chacun tour à tour
Donneroit-il des loix au monde un certain jour ?
Philosophe insensé, l'argument te décèle,
Et de ton faux systême est un vrai parallèle.
Tant d'êtres différens vers une même fin
Constamment entraînés par un secret destin,
Réunis tous ensemble au point de l'harmonie,
A l'immense univers si sagement unie,
Ces êtres ne pouvoient d'eux-mêmes se former;
Celui qui les créa doit donc les animer.
De miracles constans quelle suite innombrable !

A 6 Admirons

Admirons-en l'Auteur, s'il est impénétrable.
Tout tend également vers un but ordonné,
Dans les productions tout paroît combiné;
Les fleurs par leur éclat ont le don de nous plaire;
Chaque plante a dans soi sa vertu salutaire;
Dans l'arbre le retour d'un suc toujours égal
Prouve un Dispensateur souverain sans rival;
Un seul Etre incréé, de l'univers le tipe;
Diviser son pouvoir, c'est saper tout principe.
Quoi! le tout réuni; des êtres passagers,
Les fourmis, les cirons, les papillons légers,
Le plus vil animal, même un ver que j'écrase,
Faux sage, du vrai Dieu formeroient l'hypostase?
Qu'un Sophiste égaré dans son monde éternel,
Stupide adorateur, édifie un autel
A ce dieu monstrueux, comme un autre Prothée;
Crocodile, serpent, chêne & pierre sculptée;
Ebloui par l'éclat & par la majesté
Que l'Incas rende un culte au soleil limité;
De ce premier agent qui guide sa vîtesse,
Modère son ardeur, j'admire la sagesse:
Puis-je l'approfondir, ignorant qui je suis?
Si je sens que je pense & que par lui je vis,
Je dois donc l'adorer; cet Etre qui m'anime,
Est le seul Dieu visible à ma raison intime.
D'un fil dépend ta vie & ta destruction,
Le moment qui le rompt de ton ambition,

Superbe

Superbe Conquérant, n'eſt point le dernier terme!
Un triſte mauſolée avec les vers t'enferme,
Et tu parois encore à Dieu te comparer !
Prétendre, quoique mort, que l'on doit t'adorer!
Mais, le pauvre bientôt t'égale dans ſa bière,
Et malgré ton orgueil tu n'es plus que pouſſière.
Sectateur inconſtant, qui ſoutiens que l'eſprit
Mode de la matière avec le corps périt ;
La main d'un Scévola s'eſt-elle donc guidée ?
De venger la patrie auroit-elle eu l'idée ?
La même main ou l'ame a-t elle pu ſouffrir ?
C'eſt l'ame en nous qui penſe, agit & peut ſentir;
Par l'entendement l'ame approuve ou deſapprouve;
Voit le bien, veut le mal quand ſon plaiſir s'y trouve.
L'agent qui ſent en nous, le corps organiſé,
Agiſſent tous les deux dans un ſens oppoſé ;
Le corps végéte, eſt meu, l'eſprit l'anime & penſe;
D'un Dieu juſte les ſens n'ont point la connoiſſance,
Notre eſprit le conçoit ſans leur rapport trompeur ;
Cet Etre indépendant n'a ni corps ni couleur,
Eſprit univerſel il n'a point d'étenduë,
Dans les corps ſeulement dimenſion connuë.
Dans la campagne un loup à mon œil eſt un chien;
Je crois entendre un ſon, j'écoute & n'entends rien.
Souvent très-imparfaits, toujours ſi variables,
De mes erreurs les ſens ſont donc les ſeuls coupables;
Trompé par leur rapport, dois-je les écouter ?

Une

Une voix au dedans me dit qu'il faut douter :
C'est en réfléchissant que l'illusion cesse,
L'évidence auffi-tôt nous saisit & nous presse ;
Du sens intérieur le témoignage est sûr,
Ecoutons cet oracle il n'est jamais obscur.
Différent de mon corps il est donc un principe
Qui pense, juge en moi, sent l'erreur, la dissipe.
D'où pourroit me venir ce penchant naturel,
Que je ressens toujours pour un bien mutuel ;
Bien qui par tout varie, au fond toujours le même.
Est-ce la loi des sens ou d'un Etre suprême ?
Tout est subordonné, par un public aveu
Tout dans cet univers annonce un Maître, un Dieu :
Sa loi dans tous les cœurs profondément gravée,
D'un bout du monde à l'autre est la même observée.
Si l'univers publie un Etre intelligent,
Offre-t-il à nos yeux son principal agent ?
Quoi ! seroit-ce d'un mot l'arbitraire assemblage,
Ou Dieu lui-même aux sens qui peindroit son image ?
Non ; la seule évidence éclaire ma raison :
L'Eternel m'est présent sans le secours d'un son.
Je reconnois un Dieu dans toute la nature,
Par lui seul éxistant, sans couleur, sans figure.
Les angles d'un triangle à deux droits sont égaux :
L'axiôme étoit juste avant le choix des mots ;
Et leur concours ne peut ni créer l'évidence,
Ni dépeindre du vrai l'indivisible essence.

Mais

Mais ! pourquoi, différens de langage & de mœurs,
Tant de peuples d'accords font-ils ses amateurs ?
Pourquoi l'impreſſion d'un ſéduiſant ſpectacle
Saiſit-elle mon cœur ſans y trouver d'obſtacle ?
Qui me fait admirer les vertus d'un grand Roi,
Déteſter le tyran & ſon injuſte loi ?
Tout homme dans ſon cœur du vrai porte l'empreinte,
La nature réſiſte au joug de la contrainte.
O toi, qui veux d'un Dieu meſurer le pouvoir,
Pénétrer ſes ſecrets, qui crois les concevoir ;
Viens ici démontrer comment peut une flame
Juger, vouloir en toi, de ton corps être l'ame ;
Régler tes mouvemens, leur déſigner un but.
Et comment la penſée eſt du feu l'attribut.
Subtiliſe le feu, tu laiſſes des parties
A la diviſion encor aſſujetties.
Je conçois que je penſe, & je n'apperçois rien
Que puiſſe diviſer l'art du Phyſicien :
Je penſe & je le ſens, la ſubſtance ſenſible
Doit animer en moi la matière impaſſible.
Quoi ! le feu dans les corps pourroit-il méditer,
Quand par ſon action il les fait végéter ?
Quand de cet élément ta raiſon limitée
Ne connoît pas le fond, orgueilleux Prométhée,
Pour animer un corps tu croirois du ſoleil
Dérobant un rayon, te rendre à Dieu pareil !
Tu croirois par ce vol éviter ſa juſtice !

L'horreur

L'horreur qui te pourſuit commence ton ſupplice.
O mortel ! la raiſon plus claire qu'un flambeau
Te fait voir un vengeur au delà du tombeau.
Organes de nos ſens, ces fibres ſi fléxibles,
A leur ébranlement ſeroient-elles ſenſibles ?
Penſent-elles alors ? eſt-ce un ſel volatil
Qui courant au cerveau juge en eſprit ſubtil ?
Seroit-ce une monade, indiviſible atôme,
Qui veut, conçoit en nous, qui trouve un axiôme ?
Si la matière penſe, aux mêmes loix du ſort
L'ame & le corps ſoumis ſont détruits par la mort ?
Si tout eſt confondu dans l'inſtant que j'expire,
Pour l'immortalité d'où vient que je ſoupire ?
Au delà du trépas qui peut m'inquiéter ?
Quoi ! tout périt en moi ; j'en peux encor douter.
Oui ; différent du corps l'eſprit doit lui ſurvivre,
S'il ne peut pas nier qu'un avenir peut ſuivre.
Fatale incertitude ! eſt-il une douleur
Au moment de la mort égale à ta rigueur !
La vie eſt-elle un bien quand notre inquiétude
Suit du ſombre avenir l'affreuſe incertitude !
Qui craindroit de mourir, ſi le ferme deſtin
Diſſipoit tout nuage à la dernière fin ?
Nier eſt d'un impie, eſpérer eſt d'un ſage ;
Le néant ſeroit-il du juſte le partage ?
Qu'un Poëte élégant, qui croit de l'univers
Connoître les reſſorts, brave la mort en vers ;

Peut-il

Peut-il éteindre en lui le defir de la vie,
Méfurer par les fens l'étenduë infinie ?
Que leur peut-il laiffer en retranchant les corps
Du vuide chimérique, & que voit-il alors ?
Il fort de fon fyftême : oui ; tout n'eft pas matière
A l'efprit fans les fens s'il peut donner carrière.
Que d'opérations, de nombres réunis,
Sans corps, multipliés, divifés, infinis !
Comment l'homme peut-il percer d'un vol rapide
L'Immenfe, l'Eternel, fans route qui le guide ;
Réfléchir fur les fens, voir leur illufion,
La diffiper, penfer à leur occafion ;
Si l'ame, fi le corps, brutes dans la jeuneffe,
Faifoient un même tout que détruit la vieilleffe ;
Si le corps pour penfer étoit organifé,
S'il eft un inftrument de cordes compofé ?
Empédocle dira, pour fonder fa réplique,
Que l'ame eft le produit des loix de l'hydraulique :
Si l'ame eft dans le fang, plus ou moins à l'étroit,
Selon le cours du fang, l'ame croît & décroît :
Mais un corps mutilé nous prouve le contraire,
Et qu'un bras pour penfer n'étoit pas néceffaire.
Dans le corps divifible où peut donc préfider
L'indivifible efprit, y peut-il réfider ?
Un fyftême eft fouvent de l'erreur un indice :
Arrête, fcrutateur, & craint le précipice.
Aveugle comme moi tu ne peux pas mieux voir

Par

Par quel reffort un Dieu fait que tu peux vouloir :

Apprens pourquoi tu vis ; un animal qui penfe

Doit connoître & fervir, craindre un Dieu qu'il of-
fenfe.

Tu crois braver ton Dieu, libertin, le remord

Te prouve fa grandeur, & tu le crains d'abord.

A toi-même je veux pour t'oppofer toi-même,

Te faire voir en toi fa puiffance fuprême.

Des membres de ton corps cette proportion,

Des mufcles, des vaiffeaux cette direction ;

La fyftole du cœur, & ce fang qui circule

Au fuc nourricier qui fert de véhicule ;

Ce canal de l'oreille où les fons répétés

Vont frapper à l'inftant toutes fes cavités ;

D'innombrables filets l'admirable harmonie

Qui fait de ton cerveau l'organe du génie ;

Cet œil où tant d'objets font peints dans un moment,

Que l'ame tour à tour y voit éxactement ;

Dans tout le corps humain une attentive effe

Annonce un Créateur, fon pouvoir, fa fageffe.

Voluptueux en proie à l'erreur de tes fens,

Par ce chef-d'œuvre il doit mériter ton encens.

Aux loix de l'univers eft-ce toi qui préfides ?

De l'ordre général eft-ce toi qui décides ?

S'il ne fût point de loix fans un légiflateur,

Reconnoît que ton Dieu de cet ordre eft l'auteur.

Hé ! pourquoi trembles-tu, fi, comme un ver de terre,

Tu ne peux offenser le Maître du tonnerre ?
Si rien dans l'univers n'eſt l'objet de ſes ſoins ;
Tes crimes contre toi ne ſont plus dés témoins ;
Et ſi dans le néant tu crois que la nature
A fixé le repos de toute créature ,
Pourquoi redoutes tu le moment où la mort
Va pour l'éternité décider de ton ſort ?
Tu crains, tu crains un Dieu ! c'eſt un heureux pré-
      ſage ;
Eſpère : en le craignant déja tu deviens ſage.
Reconnois ton erreur, par un vrai repentir ,
Philoſophe, préviens le terrible avenir.
Hé quoi ! dans le néant un Dieu, juge équitable,
Confondroit à la fois le juſte & le coupable ?
Il en retire l'homme , & va l'y replonger ;
Sa carrière fournie , il doit la prolonger :
Quand l'Eternel punit, ou quand il récompenſe,
C'eſt dans l'éternité que panche ſa balance.
Jouit-on ſous le ciel de purs & vrais plaiſirs ?
Quel eſt l'heureux ſur terre au comble des deſirs ?
Idole des flateurs , l'ambitieux Monarque
Dans l'inſtant qu'on le craint , craint lui-même la
      parque :
La garde autour de lui n'écarte pas les ſoins ;
Il ſent par ſes tréſors augmenter ſes beſoins :
Le paiſible berger excite ſon envie ;
Le berger cherche encor le repos de la vie.

Il n'est rien de conftant dans ce féjour de pleurs.
Cet indigent furpris en plaignant fes malheurs,
Au bord du précipice apperçoit la fortune;
Ses maux évanouis, nouveau foin l'importune:
Au fein de l'abondance il forme des projets;
L'ambition le ronge, il meurt dans les regrets.
Le loup eft toujours loup; l'homme eft toujours lui-
même,
En portant la houlette, ou ceint du diadême.
Pythagore, il ne peut, malgré tes changemens,
De fon cruel vautour adoucir les tourmens,
Et fon cœur ne renaît que pour être fa proie.
Loin de Dieu nul repos, ni véritable joie.
Au comble des grandeurs & de la volupté,
Salomon reconnoît que tout eft vanité:
Veut-il approfondir, il ne voit que myftère.
La fcience de l'homme eft donc une chimère.
Contraint de l'avouer, il fçait qu'il ne fçait rien.
Aimer, fervir un Dieu, du fage eft le feul bien.